Alison,
el hada de
arte

A Sarah B, una verdadera amiga

Un agradecimiento especial a Rachel Elliot

Originally published in English as *Rainbow Magic: Alison the Art Fairy*

Translated by Karina Geada

ISBN 978-1-338-08213-5

10 9 8 7 6 5 4 3 2 1   16 17 18 19 20

Printed in the U.S.A.   40
First Scholastic Spanish printing 2016

Alison,

el hada de

arte

Daisy Meadows

SCHOLASTIC INC.

Palacio del Reino de las Hadas

Escuela del Reino de las Hadas

Tippington

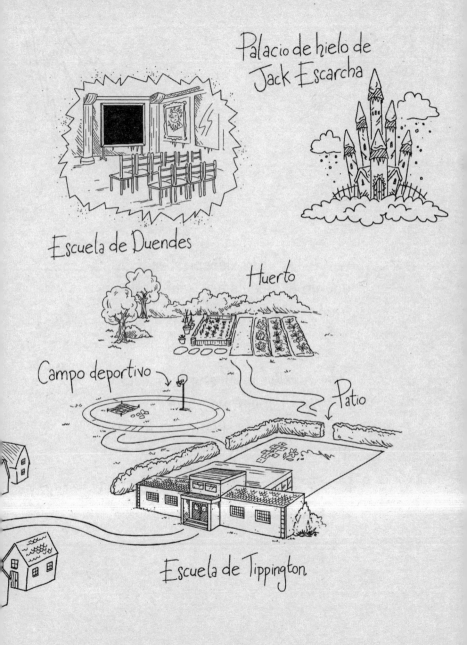

Palacio de hielo de Jack Escarcha

Escuela de Duendes

Huerto

Campo deportivo

Patio

Escuela de Tippington

Las hadas deben saber
que en la escuela hay que aprender
que yo, Jack Escarcha, soy famoso
por ser un científico fabuloso.

Las estrellas mágicas me ayudarán
y los duendes me obedecerán.
No me importa si las hadas lloran,
¡porque mis estudiantes me adoran!

Índice

¡Juntas a clases!

—¡Hora del almuerzo! —exclamó Raquel Walker cerrando su libro de matemáticas—. ¿Qué nos habrá preparado mamá hoy?

—Todavía me cuesta creer que esté contigo en la escuela —dijo Cristina Tate con una sonrisa.

Raquel asintió con alegría. Tener a su

mejor amiga en su salón de clases era un
sueño hecho realidad. Cristina iba a la
escuela en Wetherbury, pero las lluvias
de final del verano la habían inundado,
obligando a que la cerraran hasta terminar
las reparaciones, lo que tomaría una
semana.

La Sra. Tate y la Sra. Walker conversaban
por teléfono cuando a Raquel se le ocurrió
la idea de invitar a Cristina a Tippington.
Al final de la llamada, ya estaba decidido:
Cristina se quedaría esa semana con los
Walker y asistiría a la escuela con su amiga.
Al principio, la chica se había sentido un
poco nerviosa por tener que ir a una nueva
escuela... ¡pero la idea de estar en clase
con su mejor amiga era emocionante! El
día anterior había sido el primer día de
clases y a Cristina le encantó la escuela

de Raquel. Todo el mundo había sido muy amable, excepto el par de duendes traviesos que decían ser estudiantes nuevos. Solo Cristina y Raquel sabían quiénes eran realmente esos gritones de narices puntiagudas y uniformes verdes.

—¡Fuera de mi camino! —chilló uno de ellos mientras corría delante de la clase.

—¡No! —gruñó el otro—. ¡Yo voy a almorzar primero!

El profesor de Cristina, el Sr. Beaker, frunció el ceño ante el escandaloso dúo.

—Cálmense, por favor —dijo—. Van a

provocar un accidente si siguen corriendo y empujándose.

Los duendes gritaban tan alto que no escucharon al Sr. Beaker. Mientras luchaban por salir, tropezaron con una mesa y derribaron una pila de cajas. Cartones de huevos, tubos de cartón y cajas de servilletas vacías cayeron al suelo. Cristina y Raquel se apresuraron a recoger el reguero.

—¡Esos duendes horribles! —susurró Raquel—. Espero que no causen más problemas.

Cristina los observó
salir y vio al
Sr. Beaker
siguiéndoles
los pasos.

—Tengo
la terrible
sensación de
que tu deseo
no se cumplirá
—dijo con tristeza.

El día anterior, durante la clase de ciencias,
las chicas habían conocido a alguien
sensacional: Marisa, el hada de ciencias.
Cristina y Raquel se habían hecho amigas
de las hadas desde que se conocieron en
su primer viaje a la isla Lluvia Mágica.
Las chicas siempre estaban dispuestas a

ayudarlas a burlar a Jack Escarcha y su ejército de duendes serviles. Pero esta vez, Jack Escarcha había ido demasiado lejos. Había enviado a sus duendes a robar cuatro estrellas mágicas pertenecientes a las hadas de la escuela: Marisa y sus amigas; Alison, el hada de arte; Lidia, el hada de lectura; y Katia, el hada de gimnasia. El malvado Jack Escarcha tenía en mente un macabro plan con las estrellas: había fundado su propia escuela de duendes, ¡y la única materia que impartía en ella era sobre sí mismo!

Las pobres hadas estaban consternadas. Necesitaban sus estrellas mágicas para dar clases entretenidas. Mientras estuvieran extraviadas, las clases en el Reino de las Hadas y en el mundo de los humanos estaban en peligro.

—No quiero otra clase de ciencias como la de ayer —dijo Raquel estremeciéndose.

La clase de ciencias del día anterior había estado llena de contratiempos hasta que Cristina y Raquel descubrieron lo que pasaba. Los chicos nuevos habían resultado ser dos de los estudiantes más traviesos de Jack Escarcha, un dúo tan indisciplinado que había sido expulsado hasta de la propia escuela de duendes. Antes de abandonar el reino congelado de Jack Escarcha, se habían robado las cuatro estrellas mágicas que estaban en poder de Jack, y habían huido con ellas al mundo de los humanos. Cristina y Raquel ya habían devuelto una estrella a Marisa, pero aún debían encontrar las otras tres.

—Tenemos que estar preparadas para cualquier cosa —dijo Cristina, recogiendo

las cajas de cartón—. Si los duendes siguen
en la escuela, las estrellas también deben de
estar aquí.

—Pero Marisa dijo que el rey Oberón
y la reina Titania visitarían la escuela
de las hadas en estos días —comentó
Raquel dando un suspiro—. Tenemos que
encontrarlas antes de su visita.

—No tenemos mucho tiempo —afirmó
Cristina.

—¿Tiempo para qué?

Las amigas se voltearon. El Sr. Beaker
había entrado nuevamente al salón de clases.
Las mejillas de Raquel enrojecieron al
instante. Esperaba que el profesor no hubiera
escuchado la conversación, pues nadie más
sabía de la existencia de las hadas.

—Le decía a Raquel que no tenemos
mucho tiempo antes de
que termine la hora
del almuerzo
—dijo rápidamente
Cristina.

El Sr. Beaker
asintió y se sentó
en su escritorio.

—Gracias por
recoger las cajas, chicas
—dijo—. Me he pasado todo el verano
coleccionándolas.

—¿Y eso para qué? —preguntó Raquel.

Ahora era el Sr. Beaker el que parecía estar en apuros.

—Para un proyecto de arte especial —dijo—. Les daré más información después del almuerzo.

Cristina y Raquel sonrieron emocionadas. ¡La clase de arte era una de sus favoritas!

Comieron sus sándwiches y frutas a toda velocidad y salieron al patio de la escuela.

—Mira, allá están Amina y Adán —exclamó Raquel señalando a sus amigos.

—¿Vamos a saludarlos? —sugirió Cristina.

Amina y Adán estaban en un rincón, arrodillados en el asfalto, uno al lado del otro.

—El Sr. Beaker dijo que podíamos dibujar con tiza en el patio —explicó Amina—, siempre y cuando limpiáramos todo los viernes.

—¡Ojalá que llueva! —añadió Adán sonriendo y señalando el cielo.

Amina les entregó una caja de tizas a Raquel y Cristina.

—¿Quieren?

—¡Sí! —respondieron las chicas.

—Sé exactamente qué voy dibujar —dijo Raquel sacando una tiza roja—. ¡Un hada!

Imaginó a Rubí, el hada roja, aleteando en el cielo. Casi podía detallar la forma de sus alas delicadas y los capullos de rosa en

su pelo. Junto a ella,
Cristina vació
el resto de la
caja de tizas.

—Y yo voy
a dibujar un
arco iris para
que el hada
vuele sobre él
—dijo.

Raquel sonrió. ¡No podía dejar de notar
el brillo secreto en los ojos de Cristina! Muy
pronto el dibujo de las chicas comenzó a
tomar forma.

—Aquí pasa algo raro —dijo Raquel,
alejándose del dibujo para observarlo mejor.

Por alguna extraña razón, la cara de Rubí,
siempre alegre, ahora tenía el ceño fruncido,
y la varita del hada estaba torcida.

—Y mira este arco iris —suspiró Cristina—.
¡Es un desastre!

A Amina y a Adán tampoco les estaba
quedando bien el dibujo. Intentaban dibujar
una granja llena de animales, pero solo les
salían garabatos.

—Ya me cansé —dijo Adán, y lanzó la tiza
a un lado—. Vamos a jugar en los columpios.

Amina salió tras él, dejando solas a Raquel
y Cristina.

Raquel arrugó la nariz.

—Yo nunca pintaría a Rubí sin una sonrisa —dijo sorprendida—. ¿Crees que esto tiene algo que ver con las estrellas mágicas?

—¡Sss... sí! —tartamudeó Cristina, agarrando del brazo a su amiga y señalando el arco iris de tiza.

Raquel se quedó sin aliento. ¡Los opacos colores habían empezado a brillar! Un mágico resplandor comenzó a salir del suelo, mientras un diminuto punto en el centro se iba poniendo más y más grande hasta que... ¡apareció un hada!

Dibujos enigmáticos

En cuanto el hada vio a Cristina y a Raquel, revoloteó feliz.

—¡Hola, chicas! —saludó con voz cantarina—. ¡Estoy tan contenta de haberlas encontrado!

El hada agitó su varita. Al instante apareció un remolino de paletas de pintor a su

alrededor. Cada paleta en miniatura traía
pinceles y pinturas brillantes.

—Nos conocimos ayer, ¿cierto? —preguntó
Cristina, recordando su viaje a la escuela del
Reino de las Hadas.

—Tú eres Alison —añadió Raquel—. ¡El
hada de arte!

Alison sonrió con placer. Era tan bella

que parecía un retrato. Su cabello dorado
caía en ondas sobre sus hombros y lo
llevaba coronado con una boina de color
rosado. Llevaba puesta una camiseta de
lunares con una estrella en el centro, cuentas
tintineantes y una maxifalda en diferentes
tonos de azul.

—Está hecha con una técnica de teñido
con nudos —dijo el hada con orgullo cuando
se dio cuenta de que Cristina y Raquel
observaban su falda—. ¡La hice yo misma!

La pequeña hada charlaba alegremente
hasta que los borrosos dibujos de tiza en el
suelo le llamaron la atención.

—¡Cielos! —exclamó con tristeza—.
Probablemente puedan adivinar por qué
estoy aquí.

Cristina miró con nerviosismo a su alrededor
y luego se arrodilló junto a Alison.

—¿Buscas tu estrella mágica? —susurró
Cristina.

Alison asintió.

—Tengo que recuperarla. Mi estrella
mágica es la garantía de que todas las clases
de arte serán divertidas y maravillosas. ¿Se
imaginan un mundo sin dibujos, pinturas
y esculturas? Qué idea tan horrible, tan
triste...

Mientras decía eso, su voz se fue apagando.
Raquel vio una pequeña lágrima plateada
deslizarse por la mejilla de Alison.

—Nosotras arreglaremos esto —dijo Raquel
amablemente—. ¡Los duendes no pueden
salirse con la suya!

Cristina tomó la mano de Raquel
decididamente.

—Vamos a encontrar tu estrella muy
pronto —prometió.

El rostro de Alison también se [...]
antes de que pudiera decir otra pa[...]
grupo de chicos pasó corriendo.

—¡Escóndete! —susurró Raquel—. ¿Puedes
meterte en mi bolsillo?

Rápida como un
rayo, el hada se
metió en el bolsillo
de la chaqueta de
Raquel. Unas
pequeñas estrellas
brillaron en el aire
por unos segundos,
pero luego fueron
desapareciendo una
a una.

Cristina y Raquel esperaron a que sus
compañeros de clase se alejaran. Al otro lado
del patio se había formado un gran círculo de

chicos. Hasta Adán y Amina se bajaron de los columpios para unirse a la multitud.

—¿Qué estará pasando allí? —preguntó Raquel tomando a Amina del brazo.

—Son los estudiantes nuevos —respondió la chica sin aliento—. ¡Ven para que veas lo que han hecho!

—¿Hicieron algo malo? —trató de adivinar Cristina.

—No, no —respondió Adán—. ¡Hicieron un dibujo genial con tizas!

Cristina miró asombrada a Raquel.

—Los duendes están tramando algo —dijo,
lo suficientemente alto para que Alison la
pudiera escuchar.

Cristina y Raquel se acercaron para ver el
dibujo.

—¿Qué les parece? —dijo uno de los
duendes al ver a los chicos—. Mejor que los
garabatos de ustedes, ¿no?

—Además, ¿quién querría dibujar un
hada? —chilló el otro—. ¡Nuestro dibujo es
el mejor!

Y esta vez los duendes decían la verdad.
El asfalto estaba cubierto con el dibujo más
fascinante y llamativo que las chicas habían
visto en su vida.

—Es el palacio de hielo de Jack Escarcha
—dijo Raquel.

Cada detalle era perfecto. El castillo tenía

torres puntiagudas,
carámbanos de hielo
y una imponente
puerta de roble. La
imagen brillaba en
tonos azules, blancos
y plateados, creando

una sensación tan invernal
que hizo temblar a Cristina.

—Mira —susurró la chica en voz baja—,
hasta dibujaron la nueva escuela de duendes.
Ahí se ve el patio de recreo.

—Un duende solo no hubiera podido
dibujar todo eso —añadió Raquel.

—¡Deben de tener la estrella de Alison en
este mismo momento! —respondió Cristina.

Cristina miró a los duendes fanfarronear
acerca de su obra de arte. Aunque los
demás no sabían que se trataba del palacio

de hielo, no podían dejar de asombrarse por los colores brillantes y el dibujo tan elaborado. Cristina se acercó un poco al duende más grande.

—Voy a firmar autógrafos, si quieren —le decía en ese momento a la multitud—, ¡pero solo si me traen caramelos!

Cristina parpadeó. Estaba segura de que lo que acababa de ver en el bolsillo del pantalón verde del duende era una punta de la estrella mágica.

—Creo que alcanzo a agarrarla —le susurró a Raquel, extendiendo la mano.

Los dedos de Cristina temblaban mientras se acercaban más y más a la estrella. Raquel contuvo la respiración...

Una situación pegajosa

¡Ríiiiin!

Del susto, Cristina encogió la mano a toda velocidad. El duende con la estrella mágica protestó cuando los chicos se alejaron.

—¡No se vayan! —gritó—. Voy a dibujar otra cosa. ¡Miren las maravillas que puedo hacer!

—Ese es el timbre del final del almuerzo

—dijo con firmeza Raquel—. Tenemos que volver al salón.

El duende le sacó la lengua y siguió a su amigo. La pareja de duendes ni siquiera se molestó en recoger las tizas antes de abandonar el patio.

—Estuve tan cerca... —se lamentó Cristina mientras caminaba junto a Raquel.

Alison se asomó de su escondite.

—¡Lo intentaste! —dijo el hada—. Si el timbre hubiera sonado un segundo más tarde, habríamos recuperado mi estrella.

Raquel le dio un alentador apretón de manos a Cristina.

—Por lo menos ya sabemos dónde está la

estrella —dijo—. Solo tenemos que ser más astutas que los duendes.

Alison apuntó hacia el pasillo con su varita.

—Es hora de ocultarme nuevamente —dijo—. El Sr. Beaker está empezando la clase.

Cuando Cristina y Raquel entraron al salón, notaron emoción en el ambiente. El Sr. Beaker había cubierto las mesas con periódicos viejos y encima había colocado pegamento, tijeras y pinceles. En cada mesa había montones de cajas viejas y tubos de cartón.

Los niños reían y charlaban mientras se anudaban sus delantales para la clase de arte. Algunos tomaron las cajas y comenzaron a jugar. Al otro lado del salón, los duendes jugaban con los tubos de cartón

como si fueran espadas, y comenzaron a
golpearse el uno al otro en la cabeza.

—Ya están haciendo de las suyas —advirtió
Cristina—. Míralos.

El Sr. Beaker dio tres palmadas y luego
esperó a que todo el mundo se calmara.

—Esta tarde los retaré en un proyecto de
arte —anunció—. Cada mesa debe trabajar
en equipo. Tienen una hora para hacer un

vehículo en miniatura con las cajas que he puesto en el centro de las mesas. El equipo que mejor lo haga obtendrá una estrella dorada, y el proyecto se exhibirá durante la visita de la inspectora que vendrá en dos días.

El profesor mostró un automóvil de cartón en miniatura.

—Este lo hice yo mismo. Primero pegué las piezas y luego pinté el exterior con pintura azul —continuó—. Estoy seguro de que el de ustedes quedará mucho mejor y... ¡Oh!

Antes de que el Sr. Beaker terminara de hablar, las ruedas del automóvil se cayeron. Una detrás de otra, fueron rodando por todo el salón.

—¿Qué habrá pasado? —murmuró

mientras se sentaba
a observar el
automóvil en
miniatura. En ese
mismo instante,
la pila de cajas
que estaba sobre
la mesa de al lado
se fue al suelo y un
cartón de huevos rebotó
en la cabeza del Sr. Beaker. *¡Bum!*

Los duendes se echaron a reír. Y sus
carcajadas fueron todavía más escandalosas
cuando el cartón de huevos cayó encima
del automóvil que había hecho el profesor,
rompiéndolo en pedazos.

—¡Qué extraño! —susurró el Sr. Beaker
con tristeza—. Estoy seguro de que lo había
pegado muy bien...

—¿Se encuentra bien, Sr. Beaker? —preguntó Raquel.

—Sí, gracias —respondió el profesor—. Bueno, chicos, es hora de empezar.

Cristina y Raquel estaban en el equipo de Adán y Amina. Entre todos estaban tratando de decidir qué hacer.

—¿Por qué en lugar de un automóvil no hacemos un velero? —sugirió Cristina—. Siempre que nos vamos de vacaciones vemos unos lindísimos. ¿Te acuerdas, Raquel?

El rostro de Raquel se iluminó. ¡Jamás olvidaría los veleros de la isla Lluvia Mágica!

—¡Sí! —exclamó Raquel—. Podríamos utilizar esta caja de zapatos para hacer el barco, y con la caja de cereal hacemos las velas.

—Voy a recortar las velas —dijo Adán.

—Y yo voy a empezar a armar el barco —respondió Amina.

La chica estaba inclinándose para alcanzar la caja de zapatos que tenía Raquel cuando una horrible mano verde la agarró.

—Quiero esta caja —dijo una voz—. La necesitamos para nuestro cohete.

Antes de que Raquel y Amina pudieran protestar, el duende ya se había puesto la caja de zapatos bajo el brazo y se había marchado a su mesa.

—Déjalo —dijo Cristina—. Podemos utilizar esta otra caja.

Cogió el pegamento, pero por alguna extraña razón el frasco se le escapó de las manos, cubriendo la mesa y las cajas de líquido blanco.

—¡Qué horror! —exclamó Raquel.

El equipo trató de limpiar el desorden, pero las cajas se deshicieron en pedazos pegajosos.

—¡Esto no pinta nada bien! —gimió Amina.

—Miren mis velas —añadió Adán—. Están pegadas unas con otras.

Raquel y Cristina no lo podían creer. ¡La clase de arte era un verdadero desastre! Tenían que encontrar urgentemente la estrella mágica de Alison. Pero... ¿por dónde empezar?

Cohete en miniatura

Mientras Adán y Amina intentaban componer el velero, Raquel y Cristina movieron sus sillas para estar más cerca.

—No somos el único equipo que tiene problemas —susurró Cristina al oído de su mejor amiga—. Mira para allá.

Raquel se volteó hacia la mesa de al lado. Dylan, Maya y Zacarías trataban de armar un tren en miniatura, pero no lograban pegar los vagones.

—¿Qué le pasa al pegamento? —dijo
Maya frunciendo el ceño—. Me deja los
dedos pegajosos, pero no pega en el cartón.

—Tenemos que recuperar la estrella mágica
de Alison —dijo Raquel.

—Yo sé dónde podemos empezar a
buscar —respondió Cristina,
señalando la mesa de los
duendes.

El travieso dúo estaba
armando el cohete de
cartón más alto que
las chicas habían visto
en su vida. Estaba
hecho de varias cajas
pintadas de blanco.
En la punta del mismo
habían enrollado un
pedazo de papel y en la

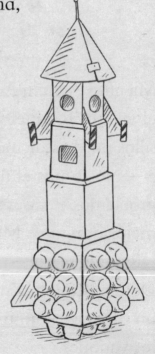

base le pusieron motores hechos de cartones de huevos. Hasta le habían perforado ventanas y puertas de emergencia. Mientras los duendes le daban los toques finales a su cohete, no paraban de reír y de burlarse de los percances de los demás estudiantes.

Raquel le echó un vistazo al duende más grande. Seguramente tenía la estrella mágica de Alison en el bolsillo del pantalón. No había otra explicación que justificara su increíble proyecto de arte.

—Voy a lavar el pincel —dijo en voz baja—. Así los veré más de cerca.

Raquel empujó su silla hacia atrás justo en el momento en que

pasaba el Sr. Beaker
con una lata de
pintura verde.
¡Plaf! El codo de
Raquel chocó
contra su brazo,
derramando la
lata de pintura.

—¡Cuidado!
—gritó el profesor.

Las lágrimas brotaron de los ojos de
Raquel.

—¡Ay! —gimió—. ¡Lo siento mucho,
Sr. Beaker!

El profesor recuperó el equilibrio y logró
salir del charco de pintura.

—No te preocupes —dijo sonriendo—.
Fue un accidente. Adán y Amina, ¿podrían

ir a la oficina del conserje y traerme un trapeador y un cubo?

—Le alcanzaré algunas toallas de papel —dijo Cristina.

Las chicas hicieron todo lo que pudieron por recoger la pintura con las toallas, pero el charco era enorme. Cristina dio un paso atrás para no pisarlo y patinó.

—¡Cuidado! —gritó, deslizándose.

Extendió las manos intentando detenerse, pero ya era demasiado tarde. Le dio al cohete de los duendes, tumbándolo de la mesa.

—¡Oye! —chilló el duende más grande, atrapando el cohete en el aire.

Al instante se volteó hacia su amigo y le pinchó el abdomen.

—¡Mira lo que hiciste! —le dijo.

El otro duende estaba furioso.

—¿Que hice qué? —respondió.

Cristina suspiró aliviada. No se habían dado cuenta de que había sido *ella* quien había tumbado el cohete.

—¡Por aquí! —le susurró a Raquel, agachándose detrás de las cajas que había en el escritorio del Sr. Beaker.

Raquel corrió tras su amiga. En cuanto las chicas se ocultaron, Alison se asomó por el bolsillo de la chaqueta.

—No se muevan —dijo—. Voy a transformarlas en hadas.

Raquel y Cristina se tomaron de las manos. De repente, una nube de polvo mágico rosado y dorado cubrió a las chicas.

—¡Mira! —murmuró Raquel—. Cada vez nos volvemos más pequeñas.

¡A punto de despegar!

En un abrir y cerrar de ojos, las chicas se habían reducido de tamaño. Cristina desplegó sus delicadas alas y sonrió. ¡Qué sensación tan maravillosa!

—Gracias —le dijo Raquel a Alison abrazándola.

El hada sonrió con placer.

—Mientras sean pequeñas, el Sr. Beaker no notará su ausencia. Así podrán salvar su clase de arte.

—Vamos a acercarnos más a los duendes —sugirió Cristina, tomando las manos de Raquel y Alison.

Las hadas sobrevolaron el aula lo más rápido que pudieron y se colaron por la puerta de emergencia del cohete hecho por los duendes. En su interior, había suficiente espacio para ellas. Se asomaron por las ventanas.

Raquel temía que los duendes notaran el rastro de polvo mágico que

había dejado en el aire, pero no tenía de
qué preocuparse. Los duendes estaban muy
concentrados en su discusión.

—¿Dónde estará mi estrella
mágica? —se preguntó
Alison, asomando su
cabecita por una ventana
del cohete.

—No puede estar muy
lejos —respondió Raquel.

De repente, a Cristina se le ocurrió una
idea. Comenzó a revolotear y, con todas sus
fuerzas, empujó el papel que los duendes
habían enrollado en la parte superior del
cohete.

—Si el cohete necesita arreglo —dijo—, los
duendes tendrán que usar la estrella mágica.

—Muy bien pensado —dijo Raquel

volando hacia el extremo inferior del cohete.
Y con un enérgico tirón, se las arregló para
despegar los motores hechos de cartones
de huevos.

En ese mismo momento, un grito
ensordecedor sacudió el cohete en miniatura.

—¿Qué ha pasado
aquí? —rugió el
duende más
grande al notar
la destrucción—.
¿Quién estuvo
jugando con mi
cohete?

—No empieces a
culparme otra vez —se
quejó su amigo.

Cuando el duende más grande
tomó el cohete para mirarlo de cerca, los

cartones de huevos sueltos se desprendieron
de la base. Su rostro se puso de un horrible
color púrpura.

—¡Fuiste *tú*! —gritó, empujando al otro
duende contra una silla.

El duende más pequeño estaba indignado.

—¿Por qué haría eso? —contestó, y luego
murmuró entre dientes—: Seguramente
fuiste tú mismo con esas manotas grandes
y torpes.

Cristina, Raquel y
Alison se aferraban
a las paredes de
cartón en el
interior del
cohete, sintiendo
sus corazones
latir con fuerza.

—Por supuesto que no fui yo —dijo

el duende más grande—. ¿Cómo podría
estropear el cohete si tengo
la estrella mágica de las
hadas?

En eso, el duende sacó
la estrella de Alison del
bolsillo de su pantalón y la
agitó en el aire.

—Esta podría ser nuestra
oportunidad —dijo Alison,
señalando por la ventana.

Pero, de repente, el duende más grande
echó a correr. Atravesó el salón con el
pegamento y el cohete destrozado con las
hadas en su interior. Pasó por el lado de
Amina y Adán, que traían el trapeador y el
cubo, y salió a toda velocidad de la clase.

—¿Qué pretende hacer ahora? —exclamó

Cristina—. Los estudiantes no pueden salir de la clase sin permiso.

El duende corría y las chicas eran sacudidas contra las paredes del cohete. Entonces, el duende se dirigió al patio y puso el cohete en el suelo. A la primera oportunidad, Alison, Cristina y Raquel salieron volando por la puerta de emergencia. Con un movimiento de su varita, el hada devolvió a las chicas a su tamaño normal.

Cristina y Raquel se agacharon detrás de las barras de mono que había en el patio y esperaron. Pensando que estaba solo, el duende se agachó y empezó a pegar los pedazos de cartón.

—Este cohete fue mi idea —murmuró—. ¡Y deja que lo vean volar por el cielo!

En cuanto armó nuevamente su cohete en

miniatura, comenzó a trepar por las barras de mono, y Raquel no perdió la oportunidad.

—¡Oye! —gritó—. ¿Qué estás haciendo con ese cohete tan espectacular?

La cara del duende se iluminó con una sonrisa arrogante.

—¡Apuesto a que les hubiera gustado hacerlo ustedes! —dijo burlón—. Miren todos los detalles que tiene.

Raquel le guiñó un ojo a Cristina. ¡En serio, los duendes son las criaturas más arrogantes del mundo! El duende fanfarrón no pudo resistir la tentación de mostrarles cada detalle del cohete a las chicas. Mientras alardeaba de lo inteligente que era, Alison revoloteaba detrás de él.

—Creo que lo voy a conseguir —murmuró, señalando la estrella que se asomaba por el bolsillo del duende.

Pero antes de que el hada pudiera lanzarse y arrebatarle la estrella, una mirada maliciosa se dibujó en la cara del duende. ¡El muy travieso metió la mano en su bolsillo, sacó la estrella mágica y la alzó en el aire!

Cielos encantados

—¿Saben lo que es esto? —preguntó el duende agitando la estrella mágica en las narices de Raquel y Cristina.

Con los nervios de punta, las chicas negaron con la cabeza. La pobre Alison revoloteó en silencio detrás del duende, y luego se escondió en el delantal de Cristina.

—¡Es una estrella, obviamente! —continuó el duende—. Con ella, puedo hacer que mi cohete vuele. Y no que vuele un poquito. Puedo hacer que planee hasta el otro lado del patio.

Raquel recobró todo su valor. Se acercó más al duende, intentando lucir indiferente.

—Si la estrella es mágica *de verdad* —dijo con picardía—, ¿no tendría que estar dentro del cohete para hacerlo volar?

Irritado, el duende permaneció pensativo durante un minuto. ¡La chica tenía razón! Luego, pareció recordar la puerta de emergencia del cohete.

—¡Observa esto! —dijo el duende abriendo la puertecita y poniendo la estrella mágica dentro del cohete.

Luego, alzó el cohete en el aire y lo lanzó hacia arriba con toda su fuerza.

—¡Bravo, Raquel! —dijo una voz clara y
sonora.

Alison salió a toda velocidad del delantal
de Cristina, agitó su varita mágica e
inmediatamente comenzaron a salir
brillantes paletas de pintor en todas las
direcciones.

—Mira el cohete
ahora —dijo
Raquel, señalando
al cielo.

La magia
de Alison hacía
que el cohete
en miniatura
volara en círculos,
al compás de su
varita.

—¿Estás lista, Cristina? —preguntó Raquel emocionada.

—¡Haz que se detenga! —chilló el duende.

El cohete dio una vuelta sobrevolando el patio hasta aterrizar suavemente en las manos extendidas de Cristina, quien de inmediato abrió la puerta de emergencia y sacó la estrella mágica.

—Aquí tienes, Alison —dijo sonriendo.

Agradecida, Alison tocó la estrella, y al momento esta se encogió de tamaño. El hada revoloteó y dio un salto mortal por encima de

las chicas, llenando el aire con destellos de muchos colores.

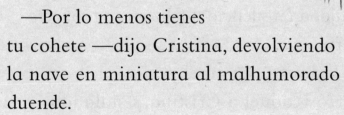

El duende intentó derribar al hada, pero sabía que su diversión había terminado.

—¡Ustedes dos lo arruinan todo! —gritó, sacándoles la lengua a Cristina y a Raquel.

—Por lo menos tienes tu cohete —dijo Cristina, devolviendo la nave en miniatura al malhumorado duende.

—Tenemos que regresar a clase, Alison —dijo Raquel—. ¡Hasta pronto!

—¡Que se acabe de ir! —exclamó el duende.

Alison les sopló un beso a las chicas y desapareció en el cielo del atardecer. Cristina y Raquel corrieron de nuevo a su salón, pero el duende no las siguió. Se quedó en el patio con su cohete. Lo lanzó al aire, pero esta vez, sin magia, el cohete se estrelló contra el suelo.

Al final de la tarde, el salón del Sr. Beaker era un sitio mucho más agradable. Excepto por el duende gruñón que se había quedado en el salón, todo el mundo trabajaba en silencio y feliz en su proyecto de arte.

—Todavía está en el patio —le susurró Raquel a Cristina, señalando la ventana.

El duende andaba de un lado para otro con su cohete por todo el patio.

—Hay duendes que no aprenden nunca —dijo Cristina riendo entre dientes mientras armaba el mástil del velero.

Luego se acercó a Adán y Amina. Su velero tenía hermosas velas con los colores del arco iris, un camarote y una fila de portillas redondas.

El Sr. Beaker se puso de pie delante de la pizarra.

—Y el proyecto ganador es... ¡el fantástico tren de Dylan, Maya y Zacarías!

Cristina y Raquel aplaudieron con

entusiasmo. ¡El tren de sus compañeros se veía sensacional!

—El tren en miniatura se mostrará en el recibidor de la escuela para la visita de la inspectora —agregó el Sr. Beaker.

—¡Pero todavía no estamos listas para esa visita! —le susurró Raquel a Cristina—. ¡Dos estrellas mágicas continúan desaparecidas!

Cristina le extendió el dedo meñique a su mejor amiga. Era la manera en que las chicas acostumbraban a cerrar un trato.

—Encontraremos esas estrellas mágicas antes de que termine la semana —aseguró Cristina. Hasta ahora las chicas nunca se habían dado por vencidas—. ¡Tú y yo jamás abandonaremos a las hadas!

Raquel y Cristina ayudaron a
Alison a encontrar su estrella mágica.
Ahora les toca ayudar a

Lidia,
el hada de lectura

Lee un pequeño avance del
siguiente libro...

Libros al revés

—Me encanta el olor de las bibliotecas, ¿a ti no? —preguntó Cristina Tate, respirando profundo y mirando las estanterías de la biblioteca de la escuela de Tippington.

Su mejor amiga, Raquel Walker, sonrió.

—Lo que me gusta es que estés en la escuela conmigo —respondió Raquel—. ¡Ojalá fuera por más de una semana!

Aunque solo era el tercer día, Raquel podía asegurar que este sería el curso escolar más divertido y emocionante de su vida. Tenía un montón de amigos en Tippington, pero ninguno era tan especial como su amiga Cristina, que vivía en Wetherbury. A cada rato deseaba estar en su misma escuela. Por eso, cuando la escuela de Cristina se inundó por las lluvias al final del verano y anunciaron que tardarían una semana en arreglarla, Raquel supo que los primeros cinco días de clases serían espectaculares porque su mejor amiga estaría con ella en su misma escuela.

—¡Parece que va a ser una semana intensa! —respondió Cristina con una sonrisa.

Raquel sabía que su amiga se refería al secreto que compartían. Desde que se conocieron en la isla Lluvia Mágica, las chicas eran amigas de las hadas y, a pesar de que de vez en cuando tenían aventuras fantásticas, siempre era emocionante conocer a nuevas hadas. ¡Y en el primer día del curso escolar habían conocido a las hadas de la escuela!

—¿Crees que hoy vamos a ver a alguna de las hadas? —susurró Cristina.

Antes de que Raquel pudiera responder, el profesor dio unas palmadas para llamar la atención de los estudiantes.

—Quiero que cada uno escoja un libro —dijo el Sr. Beaker—, y que luego escriban una breve reseña sobre lo que han leído. Todas las reseñas se expondrán en el mural de la escuela durante la visita de la inspectora.

—¿Qué clase de libro debemos elegir? —preguntó Adán.

—Traten de elegir alguno que los transporte a otro mundo —sugirió el Sr. Beaker—. A mí me encanta leer, y mis libros favoritos son aquellos en los que la historia cobra vida. Los personajes deben parecer tan reales como tu mejor amigo.

Los chicos comenzaron a caminar por la biblioteca, buscando en los estantes.

—¡No tengan miedo! —continuó el profesor—. Podría ser interesante escoger un género que no sea el que suelen leer. ¡Déjense sorprender!

Se escuchó un fuerte ruido, y Amina y Ellie saltaron del susto frente al estante donde estaban buscando. Tres libros muy pesados casi les caen en la cabeza.

—Por favor, sean más cuidadosas —dijo el Sr. Beaker.

—Pero esos libros se cayeron solos —gritó Ellie—. Nosotras ni los tocamos.

—Sr. Beaker, este libro está pegado —dijo

Adán, que estaba buscando un libro de misterio—. No lo puedo abrir.

Raquel había elegido un libro titulado *La princesa en la torre*. Pero cuando lo abrió, ninguna de las oraciones tenía sentido. Parpadeó un par de veces, creyendo que sus ojos le jugaban una mala pasada. Pero no, algo raro sucedía.

—Todo está al revés —le susurró Raquel a Cristina—. Escucha cómo empieza la historia: "Siempre por feliz fue Rosa princesa la". Los libros están mal… y creo que sé por qué.

Cristina sabía exactamente lo que su mejor amiga estaba pensando. ¡Todo era culpa de los duendes de Jack Escarcha!

El primer día de clases las chicas conocieron a Marisa, el hada de ciencias, que las había llevado al Reino de las Hadas. Allí, las hadas de la escuela les contaron que Jack Escarcha se había robado sus estrellas mágicas. Sin ellas, las clases eran un verdadero desastre.

—Jack Escarcha está causando muchos problemas —dijo Cristina en voz baja—. Ya recuperamos las estrellas mágicas de Marisa, el hada de ciencias, y la de Alison, el hada de arte... pero tenemos que encontrar las dos que faltan para que todo salga perfecto el día de la visita real.

La reina Titania y el rey Oberón tenían planes de visitar la escuela en el Reino de las Hadas, pero sin las estrellas mágicas, la visita real sería una catástrofe. Y eso no era todo, las escuelas en el mundo de los humanos serían también un caos.

Jack Escarcha había utilizado las estrellas mágicas para fundar una escuela para duendes donde impartía clases sobre sí mismo. ¡Creía que era el único tema interesante que valía la pena aprender! Pero cuando expulsó a dos de sus estudiantes por mala conducta, estos se robaron las estrellas mágicas y se las llevaron al mundo de los humanos. ¡Y ahora esos duendes estaban en la escuela de Raquel y Cristina!